Vente du Jeudi 10 Novembre 1881

HOTEL DROUOT, SALLE N° 4

A DEUX HEURES

INTÉRESSANTE COLLECTION D'UN AMATEUR

COMPRENANT

PLAQUETTES ET MÉDAILLES

DE LA RENAISSANCE

OBJETS D'ART

BRONZES, ÉMAUX, MINIATURES, LIVRES

BELLES RELIURES

GRAVURES, OBJETS DIVERS

EXPOSITION PUBLIQUE

Le Mercredi 9 Novembre, de 1 heure 1/2 à 5 heures 1/2

Me QUÉVREMONT	M. GANDOUIN
COMMIS^{re}-PRISEUR	EXPERT DES DOMAINES NATIONAUX
Rue Richer, n° 46	Rue Le Peletier, n° 42

PARIS — 1881

Vᵉ RENOU, MAULDE et COCK

IMPRIMEURS DE LA COMPAGNIE DES COMMISSAIRES-PRISEURS

Rue de Rivoli, 144

CATALOGUE

D'UNE

INTÉRESSANTE COLLECTION D'UN AMATEUR

COMPRENANT

PLAQUETTES ET MÉDAILLES

DE LA RENAISSANCE

OBJETS D'ART

BRONZES, ÉMAUX, MINIATURES, LIVRES

BELLES RELIURES

GRAVURES, OBJETS DIVERS

DONT LA VENTE AURA LIEU

HOTEL DROUOT, SALLE N° 4

Le Jeudi 10 Novembre 1881

A DEUX HEURES

Par le ministère de M⁰ **QUÉVREMONT**, Commissaire-Priseur,
rue Richer, 46,

Assisté de **M. GANDOUIN**, Expert des Domaines nationaux,
rue Le Peletier, 42.

CHEZ LESQUELS SE TROUVE LE CATALOGUE.

EXPOSITION PUBLIQUE

Le Mercredi 9 Novembre, de 1 heure 1/2 à 5 heures 1/2

PARIS — 1881

CONDITIONS DE LA VENTE

Elle sera faite au comptant.

Les Acquéreurs paieront CINQ POUR CENT, en sus des adjudications, applicables aux frais.

DÉSIGNATION

PLAQUETTES

1 — Plaquette représentant l'Automne et l'Hiver, très finement ciselée. Belle patine du xviᵉ siècle.

2 — Plaquette représentant le Printemps et l'Eté. Pendant de la précédente.

3 — Plaquette : Renaud et Armide, xviiᵉ siècle.

4 — Plaquette : Triomphe de la Justice, xviᵉ siècle.

5 — Plaquette : Triomphe de Cérès, xviᵉ siècle.

6 — Plaquette : Triomphe de la Misère, xviᵉ siècle.

7 — Plaquette ovale, xviᵉ siècle : Chute de Phaéton. Signée.

8 — Plaquette carrée représentant une bataille, xviᵉ siècle, belle patine. Signée.

9 — Plaquette carrée représentant un enfant endormi devant une croix, xviiᵉ siècle.

10 — Plaquette : Apollon et Marsyas, xviᵉ siècle.

11 — Plaquette d'après camée antique, xvᵉ siècle.

12 — Plaquette : Sujet mythologique, xviᵉ siècle.

13 — Plaquette : Guerrier, xviᵉ siècle.

14 — Plaquette : Vulcain forgeant les traits de Cupidon.

15 — Plaquette : Bacchus, xviᵉ siècle.

16 — Plaquette : Tête de femme, xvie siècle.

17 — Plaquette : Tête de femme, xvie siècle.

18 — Plaquette : Tête de femme, xvie siècle.

19 — Plaquette ronde : deux Amours portant des couronnes, xviie siècle.

20 — Portrait de femme, plaquette du xvie siècle.

21 — Portrait de Petri Bembi cardinal, plaquette du xve siècle.

22 — Sceau gothique du xve siècle.

23 — Sceau gothique du xve siècle.

24 — Sceau gothique du xve siècle.

25 — Sceau gothique du xve siècle.

26 — Sceau gothique du xve siècle.

27 — Sceau gothique du xve siècle.

28 — Cachet humide avec armoiries, xviie siècle.

29 — Plaquette Louis XVI : Chasseur.

30 — Plaquette Louis XVI : Danse de deux Amours.

——

MÉDAILLES

31 — Sigismond Malatesta, 1450.

32 — Ferdinand de Médicis, 1542.

33 — Cosmus de Médicis, médaille dorée avec revers.

34 — François de Médicis, 1564. Très beau revers.

35 — Cosmus de Médicis, 1561, avec revers représentant la Fontaine de la place de la Seigneurie à Florence.

36 — Le même, argent, 1561, avec revers représentant
le vieux Palais à Florence.

37 — François de Médicis, 1575.

38 — Ferdinand de Médicis, 1588; au revers sa femme
Christine, 1592.

39 — Laurent de Médicis, dit le Magnifique, 1508.

40 — Cosmus de Médicis II, très fine, belle patine.

41 — Cosmus de Médicis IIII.

42 — Ferdinand I de Médicis, statue équestre sur le
revers, très belle médaille à fleur de coin.

43 — Ferdinand II duc de Mantoue, avec beau revers,
belle médaille, très rare.

44 — Vincent de Gonzague, duc de Mantoue, 1519.

45 — Priol, Doge de Venise, 1504; très intéressante
médaille.

46 — Thomas, Philologue de Ravennes, très beau
revers.

47 — Gavellonus, médaille inconnue, très beau revers.

48 — Paul II, duc de Bragance, 1621; très belle médaille à fleur de coin avec revers.

49 — Livius Odescalcus, duc de Bragance, très beau
revers, fleur de coin. Argent.

50 — Ellecta, comtesse Bardi, femme de Cosmus de
Médicis, fleur de coin.

51 — Marie-Caroline, reine de Sicile, 1785, revers.

52 — Médaille allégorique. Vénus et l'Amour. Deux
faces.

53 — François Marchi Bononieu, architecte. Belle
médaille du xviiᵉ siècle, avec beau revers.

54 — Hippolyte Esten, cardinal de Ferrare.

55 — Jean-François de Gonzague, duc de Mantoue.

56 — Pièce romaine. Claude César.

57 — Autre pièce romaine.

58 — Pierre Gyron, très belle médaille du XVIᵉ siècle.

59 — Laurent de Médicis, 1508.

60 — Médaille de Louis XIV. 1660.

—

BRONZES

61 — Minerve tenant dans sa main une Victoire. Superbe bronze de l'époque Louis XVI.

62 — Didon. Très belle Statuette bronze florentin du XVIᵉ siècle. Magnifique patine.

63 — Cérès. Statuette en bronze. Reproduction de l'antique travail de l'époque Louis XIII.

64 — Enfant couché. Petit bronze de l'époque Louis XIV.

65 — Quatre Bras appliques à trois branches, époque Louis XVI, branches de laurier en bronze doré.

66 — Deux Statuettes hommes, bronzes vénitiens du XIVᵉ siècle. L'une d'elles a un bouclier armorié.

67 — Figure en bronze doré représentant l'Asie.

68 — Figure cariatide bronze doré, époque Louis XIV.

69 — Pointe de Lance romaine, bronze.

70 — Onze pièces, ornements de cadres Louis XIII, en cuivre.

71 — Boîte à cire, transformée en poudrière. Travail du XVIᵉ siècle, bronze.

72 — Pendule en bronze doré, fin Louis XVI. très bon état.

73 — Tête de saint André. Demi-relief, bronze ciselé et doré.

74 — Pied de cabinet bronze doré, chimère du XVIᵉ siècle.

75 — Figurine en pied. Bronze du XVIᵉ siècle.

76 — Six pièces bronze dont trois entières.

77 — Deux petites Statuettes bronze.

OBJETS DIVERS

78 — Deux petites Colonnettes torses en cristal de roche Renaissance.

79 — Char du Soleil, bas-relief plomb.

80 — Quatre pièces, fer ciselé, comprenant Plaque de couche, deux Pommeaux de pistolet. 1 Pommeau d'épée.

81 — Lot comprenant deux Boutons de meuble en fer, trois Poignées de tiroir en bronze, Étui à ciseaux en fer gravé et petit Masque en bronze.

82 — Grattoir de l'époque Louis XIII. manche ivoire, lame gravée et dorée.

83 — Portrait en cire Louis XIV ; cadre en bronze doré.

84 — Petite Vierge. Statuette en buis sculpté du
xvie siècle.

85 — Petit Vase en verre de Venise émaillé. Travail du
xvie siècle (filé aux anses).

86 — Aiguière persane du xve siècle en verre laiteux.

87 — Belle Pendule Louis XV, vernis Martin en bronze
doré. Travail français.

88 — Petit Bassin en cuivre gravé et étamé. Travail
persan ancien, orné de nombreuses figures et
d'une scène d'acrobate.

89 — Un Doge. Médaillon en buis sculpté du xvie siècle.

90 — Médaillon en ivoire sculpté représentant une
scène d'intérieur (École hollandaise).

91 — Petit Vase en ivoire, époque Louis XV.

92 — Galilée. Portrait en ivoire sculpté du temps.

93 — Lot de Pierres dures et perles en pierre.

94 — Quatre petites Figures en bois sculpté et peint
de l'époque Louis XV.

95 — Petite Montre octogone en argent doré et émaillé,
boîte en cristal de roche style Renaissance.

96 — Cinq pièces en ivoire. — Petite Porte de cabinet,
Manche de la Renaissance et petite Statuette
antique romaine. — Saint Pierre. — Petite
Boîte couvercle découpé.

———

MINIATURES ET ÉMAUX

97 — **Costanzo**. La Vierge à l'œillet. Magnifique
miniature sur ivoire, très beau Cadre ancien en
bois sculpté.

98 — **Battoni** (Pompéo). Portrait de la grande duchesse de Modène. Miniature sur ivoire.

99 — **Richard.** Portrait de la princesse Bacciochi jouant de la harpe. Miniature sur ivoire.

100 — **Drouais** (Genre de). Portrait de Catherine de Russie. Miniature sur ivoire.

101 — **Sicardi.** Portrait de Mᵉ Salentin, dame d'atours de Marie-Antoinette.

102 — **Inconnu.** Un Doge. Miniature sur ivoire.

103 — Éventail Louis XV, monture en nacre sculptée et dorée, ornée de figures et de peintures en vernis Martin, feuille décorée à la gouache.

104 — **École française.** La Toilette de Bethsabée en émail camaïeu bistre et rose.

105 — **École française.** Mars et Vénus, émail camaïeu bistre et rose.

106 — **École française.** Portrait de Voltaire (profil).

107 — **École française.** Loth et ses filles. Magnifique émail sur or de l'époque Louis XV.

108 — **Petitot** (Attribué à). Portrait de femme. Magnifique émail, très bel état de conservation.

109 — **Inconnu.** Portrait de Volta. Miniature.

GRAVURES

110 — Cabinet Poultain; 1 vol., 120 estampes, d'après les tableaux. *Paris*, chez *Basan* et *Poignant*, 1781.

111 — Les 52 Tableaux représentant les faits les plus
célèbres de l'ancien et nouveau Testament,
d'après Raphaël, gravés par Secondo Bianchi.
Rome, chez *Bouchard* et *Gravier*, 1788, maroquin rouge.

112 — Estampes du Catalogue raisonné et figuré des
tableaux de la Galerie électorale de Dusseldorf.
Basle, chez *Chrétien Michel*, 1778.

113 — Suite de 71 Vignettes, par Gravelot, Eisen,
Cochin, Boucher, pour le Décameron.

114 — Suite de 10 Gravures, sujets de Vénerie, par
Vincken-Booms, gravés par C. Visscher et
autres.

115 — Suite de 60 Vignettes de la République Cisal-
pine, dessinées et gravées par Gondolfi.

116 — 36 Pièces, Portraits, personnages célèbres, avec
passe-partout, de Théodore de Bry.

117 — 6 Pièces, Gravures d'armurerie, dont deux
titres différents.

118 — Bloemaert. Six pièces, histoire d'Adam et Ève.

119 — 22 Pièces, Gravures, Camées.

120 — **Picart** (B.). Les cinq Sens.

121 — 3 Vignettes de Gravelot.

122 — **Cochin**. Une Vignette pour Molière.

123 — **Rembrandt**. La Femme de Putiphar. 3ᵉ État.

124 — **Saint-Aubin**. Le Commissionnaire.

125 — 3 Pièces d'après Boucher, le Siège du camp
Troyen. Pièce de l'École hollandaise.

LIVRES

ORDRE CHRONOLOGIQUE D'ÉDITION

126 — Robertus Volturiun. De Re Militari; 1 vol., avec
nombreuses planches. *Parisis*, 1534.

127 — Claude Paradin. Devises héroïques. *Lyon*, chez
Jean de Tournes, 1567; très belle édition bon
état, titre gravé, grandes marges, maroquin
rouge, rélié par *Chambolle Duru*.

128 — Evangelicæ Historiæ; planches de Martin de Vos.
Tirées hors texte. *Antuerpiæ*, 1593.

129 — Facié. Excellent Traité de Mortification; 1 vol.
Paris, chez *G. Chaudière*. 1598; édition rare,
maroquin.

130 — Justini historiarum; 1 vol. *Amstelodami*, ex-offi-
cina Elzeviriana, 1656; édition Elzévir réglée.
Magnifique reliure maroq. rouge de l'époque.

131 — Traité de la Cour; 1 vol. *Paris*, chez *Jean Guignard*,
1658. Maroquin citron, relié par *Thompson*.

132 — Les OEuvres de Théophile; 1 vol. *Paris*, chez
Pépinque, 1662, maroquin rouge armorié;
très belle reliure de *Hardy*.

133 — Saggi di Naturali esperienze fatte nell'academia
del Cimento, reliure maroq. quadrillé et mo-
saïque. In *Firenze*, 1667; 1 vol., avec magnifique
portrait de Léopold de Toscane.

134 — Corbinelli. Sentiments d'Amour; 2 vol. *Paris*,
1671; édition très rare, maroquin rouge.

135 — Molière. OEuvres posthumes de M. de Molière;
8 vol. *Paris*, chez *Denis Thierry*, 1697, maroquin
rouge, armoriés, reliés par *Allo*, dorés par
Wampflug.

136 — Marmontel. Lettres persanes; 1 vol. *Cologne*,
1721, maroquin rouge, relié par *Belz-Niédrée*.

137 — Ransaq. Voyages de Cyrus; têtes de chapitre de
Coypel et Lemoine. *Londres, Jacques Bet-
tenham*, 1730. Magnifique reliure maroq. rouge.

138 — Réflexions Chrétiennes; 2 vol. *Paris*, 1746, maroq.
rouge. Armes de Mme Elisabeth.

139 — Sidronius Hosschius. Traduction libre en vers
français sur la Passion de Jésus-Christ; 1 vol.
maroq. rouge, relié par *Gruel. Paris*, 1756.

140 — Guarini. Il Pastor fido; 1 vol.; têtes de chapitre
par Cochin, titre de Moreau, *Paris*, chez *Prault*,
1766.

141 — Bentivoglio. Histoire des guerres de Flandre;
4 vol. *Paris*, chez *Desaint*, 1769, maroq. rouge,
armes de Chevilly.

142 — Tasse. La Gerusaleme Liberata. *Paris*, 1771. Belle
édition illustrée par Gravelot, culs-de-lampe,
têtes de chapitre. 2 vol., rel. v. glacé. Bel
état.

143 — Arioste. Orlando Furioso. Birmingham, 1773.
Belle édition illustrée par Moreau le jeune,
Eisen, Cipriani; reliure maroq. rouge, dorée
petits fers. Bel état.

144 — Anacréon, par M. C***. Paphos, 1780; 1 vol. illustré
par Eisen, têtes de chapitre à culs-de-lampe.
Rel. v.

145 — Choix de Lettres françaises. *Venise*, 1782 ; reliure maroquin doré.

146 — Remarques sur la Noblesse ; 1 vol., *Paris*, 1787. Belle reliure ancienne, maroquin rouge.

147 — Morel Hyacinthe. Mes Distractions ; 1 vol. *Paris*, an VII, maroquin chamois, reliure de *Guétant*.

148 — Etat général des Postes, 1823. Paris. *imprimerie Royale*, reliure v. ; armoiries de France.

149 — Catalogue de la Librairie Dalibon ; 1 vol., relié maroquin rouge ; armoiries des d'Orléans.

150 — Le Chevalereux d'Artois ; 1 vol. *Paris*. Techener, 1837, maroquin rouge, relié par *Lebrun*.

151 — La Mission des Femmes ; 1 vol. *Paris*, chez *Delay*, 1847, maroquin bleu, relié par *Guétant*.

152 — E. Carmoly. Paraboles de Sendabar. sur les ruses des Femmes ; 1 vol. *Paris*, 1849, chez *Jeannet*, reliure maroquin rouge, par *Guétant*.

153 — Joséphin Soulary. Sonnets, Poëmes et Poésies. *Lyon*, 1864, papier vergé. Très belle édition, avec Dédicace de l'auteur ; maroquin rouge, reliure de *Guétant*.

154 — Rimes de Pernette du Guillot, Lyonnaise. *Lyon*, 1864, maroquin bleu, reliure de *Guétant*.

ÉTOFFES

155 — Beau Panneau de soie brodé de soie d'or et d'argent. Travail de l'époque Louis XIV.

156 — Grande Portière en brocatelle rouge et jaune de l'époque Louis XIII.

FAIENCES ET PORCELAINES

157 — Paire de Potiches en faïence de Rome du
xviii° siècle; un des couvercles est raccommodé.
Bases en bois doré.

158 — Deux Plats en vieux Chine; beaux décors.

159 — Un très beau Cabinet en ébène et ivoire gravés.
Travail italien du xvi° siècle.

OBJETS OMIS

Vᵉ RENOU, MAULDE et COCK, imprs de la Compagnie des Commissaires-Priseurs,
rue de Rivoli, 144.   22240

RED. :

20

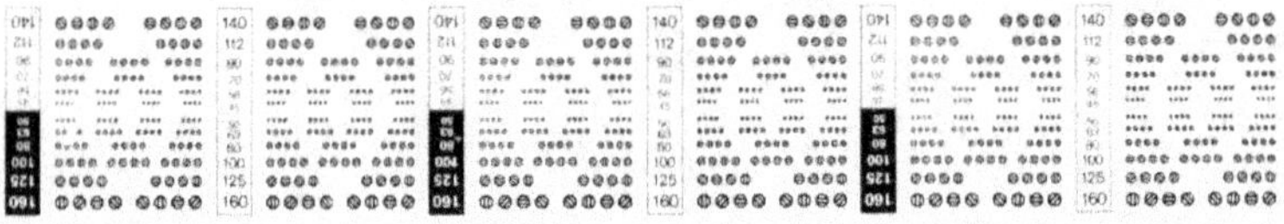

MIRE ISO N° 1
NF Z 43-007
AFNOR
Cedex 7 - 92080 PARIS-LA-DÉFENSE

graphicom

BIBLIOTHEQUE NATIONALE DE FRANCE

****

CHATEAU DE SABLE

1996

www.ingramcontent.com/pod-product-compliance
Lightning Source LLC
LaVergne TN
LVHW021811060726
842528LV00004B/1260